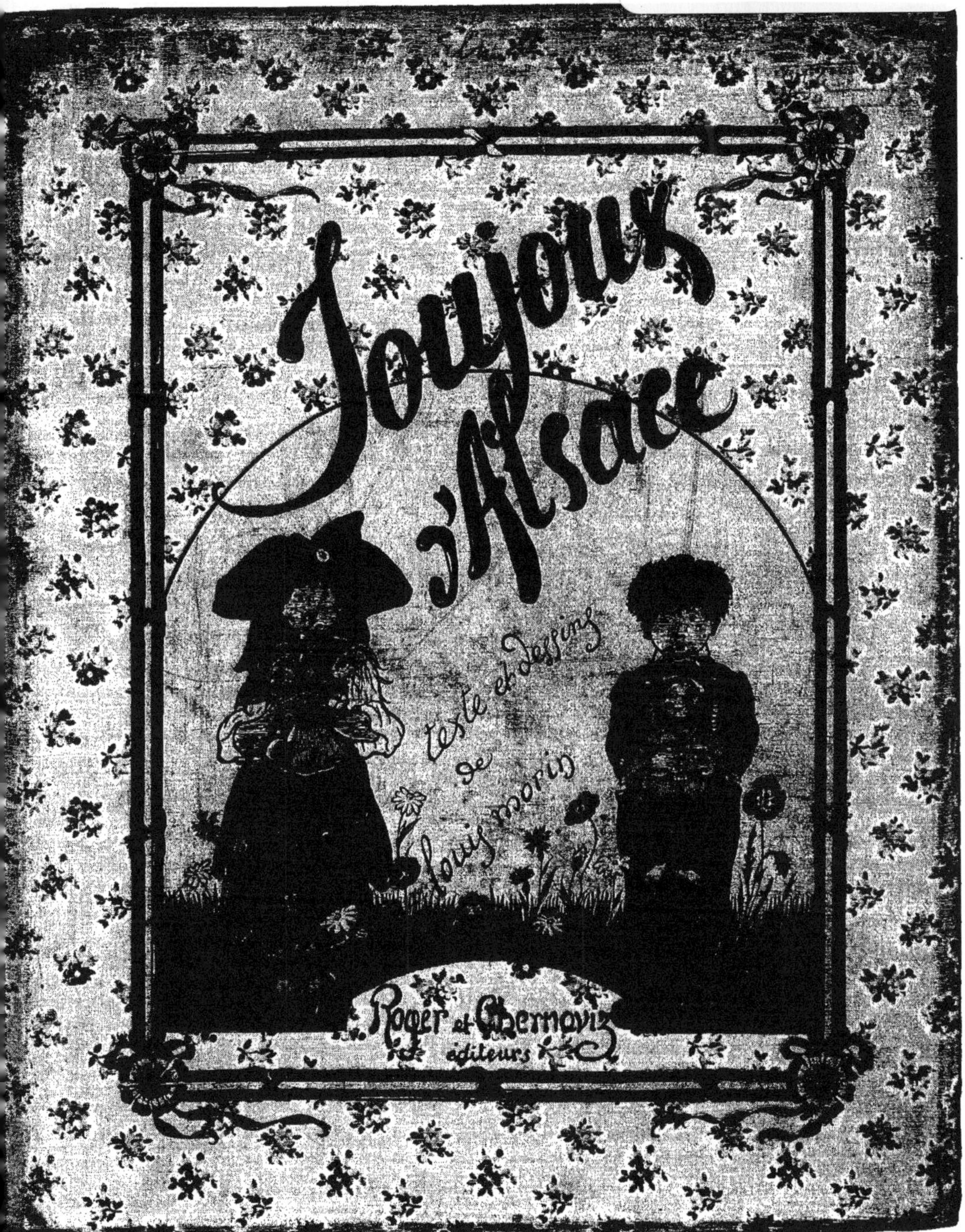

Toujours
d'Alsace
texte et dessins
de
louis morin
Roger et Chernoviz
éditeurs

LOUIS MORIN
JOUJOUX D'ALSACE
50 DESSINS
&
AQUARELLES
DE
L'AUTEUR
R. ROGER & F. CHERNOVIZ
ÉDITEURS
95, BOULEVARD RASPAIL
PARIS
38, RUE DE FLEURUS

Fal. Y²
367

Cher Hansi. Par vos livres, par vos dessins, par votre exemple, vous nous avez appris à mieux connaître, à admirer, à aimer davantage votre belle Alsace. On ne peut parler d'elle sans penser à vous, — et il faut en parler toujours.

Permettez-moi donc de vous offrir, comme un hommage qui vous est dû, ce petit volume qui suivra de loin ses glorieux aînés : le Professeur Knatschké, l'Histoire d'Alsace et mon petit village.

Votre vieil ami
Louis Morin

P.S. Vos amis trouveront quelques inexactitudes dans ce portrait que je donne de vous. C'est, je crois, celui qui avait été communiqué à la police boche chargée, en mai 1914, de vous appréhender pour crime de haute trahison. Il est bon de faire remarquer que la bureaucratie dont les Allemands sont si fiers ne vaut pas mieux que la nôtre.

*I. Pourquoi la petite Boche n'était vraiment pas
sympathique... et ses parents non plus.*

La petite Boche, Dorothée, était laide : non pas
positivement laide de visage, mais laide de tout
ce que les vilains défauts d'une mauvaise petite
fille peuvent ajouter de désagréable à sa personne.
D'abord, elle était malpropre, toujours décoiffée, les

cheveux jusque dans les yeux, les regards faux et sournois. Ensuite, elle était orgueilleuse; il fallait que les plus beaux joujoux fussent à elle, et qu'elle fût la première en tout.

Au fond, ce n'était pas tout à fait de sa faute : elle tenait ses vices de ses parents, qui, venus du Brandebourg, s'étaient installés dans la petite ville alsacienne pour y vendre, dans une maison de ciment armé, au dernier goût allemand, de mauvaises eaux-de-vie, sous le nom de cognacs et d'armagnacs, des modes ridicules sous l'étiquette de *Modes bárisiennes*, et toute la camelote boche des bazars cosmopolites. Leur premier succès avait été la vente de bijoux simili-or, avec diamants de verre : bagues, boucles d'oreilles, épingles de cravates, qui, le soir, sous un jeu de lumières et de glaces habilement combinées, jetaient plus de feux que le Koh-i-noor et le Régent. Si bien que toutes les élégantes et les godelureaux du pays s'en étaient parés, pour le prix uniforme de vingt francs. Mais on eut vite fait de remarquer que les diamants ne brillaient guère plus, hors de la boutique des Bochemann, que des bouchons de carafe et que l'or des montures se ternissait rapidement, à cause de son peu d'épaisseur; les acheteurs se faisant plus rares, le marchand baissa ses prix à quinze francs, à dix, à cinq, à deux francs cinquante enfin.

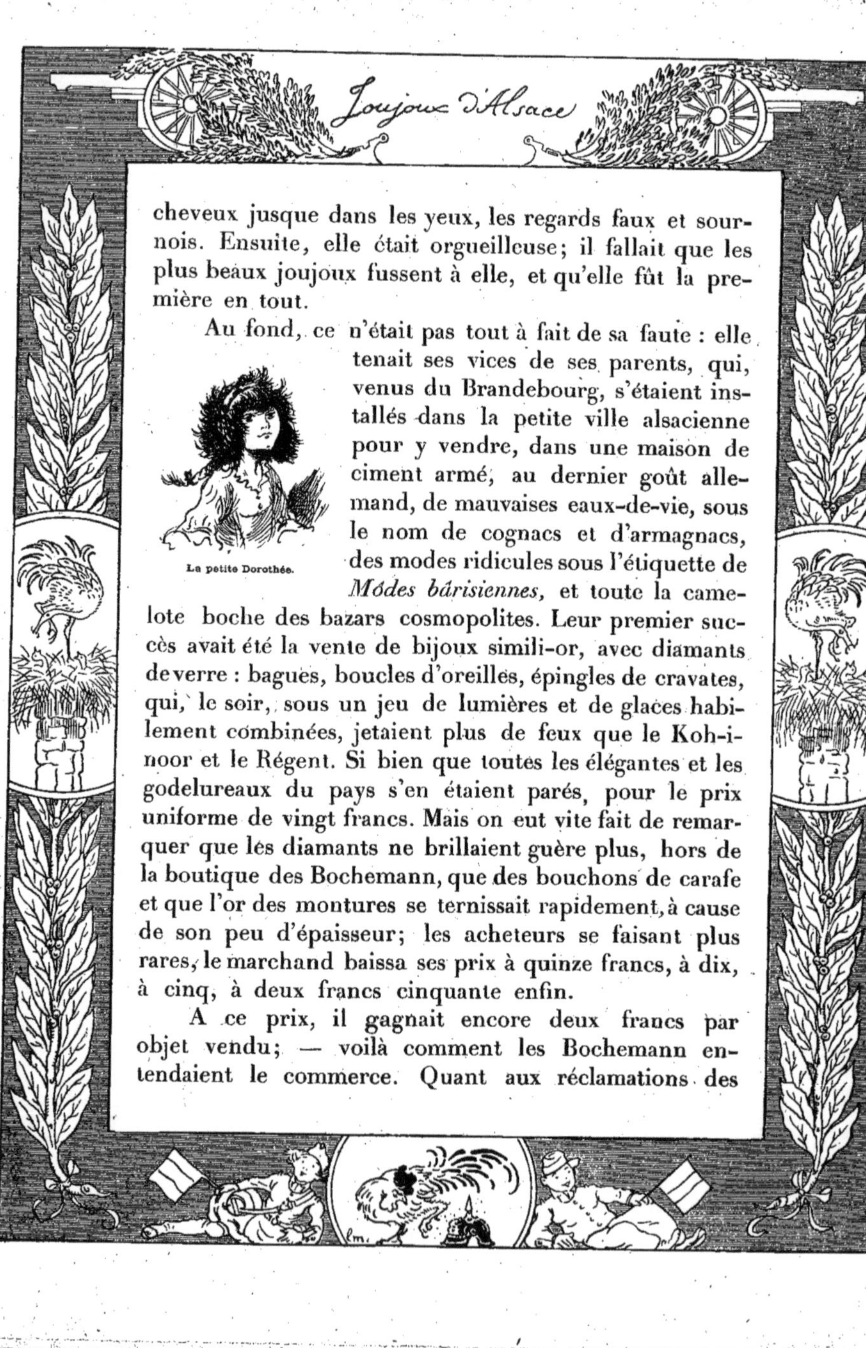
La petite Dorothée.

A ce prix, il gagnait encore deux francs par objet vendu; — voilà comment les Bochemann entendaient le commerce. Quant aux réclamations des

La maison boche.

clients, ils n'en avaient cure, ils savaient bien que la police et la justice teutonnes leur donneraient toujours raison. Et les gens avisés du pays savaient aussi pourquoi les Bochemann étaient surtout là pour espionner les habitants restés fidèles à la France, et pour donner des renseignements sur eux, moyennant une petite rente en marks que leur payait le gouvernement du Kaiser.

Ah! c'étaient de jolis cocos, que ces Brandebourgeois-là!

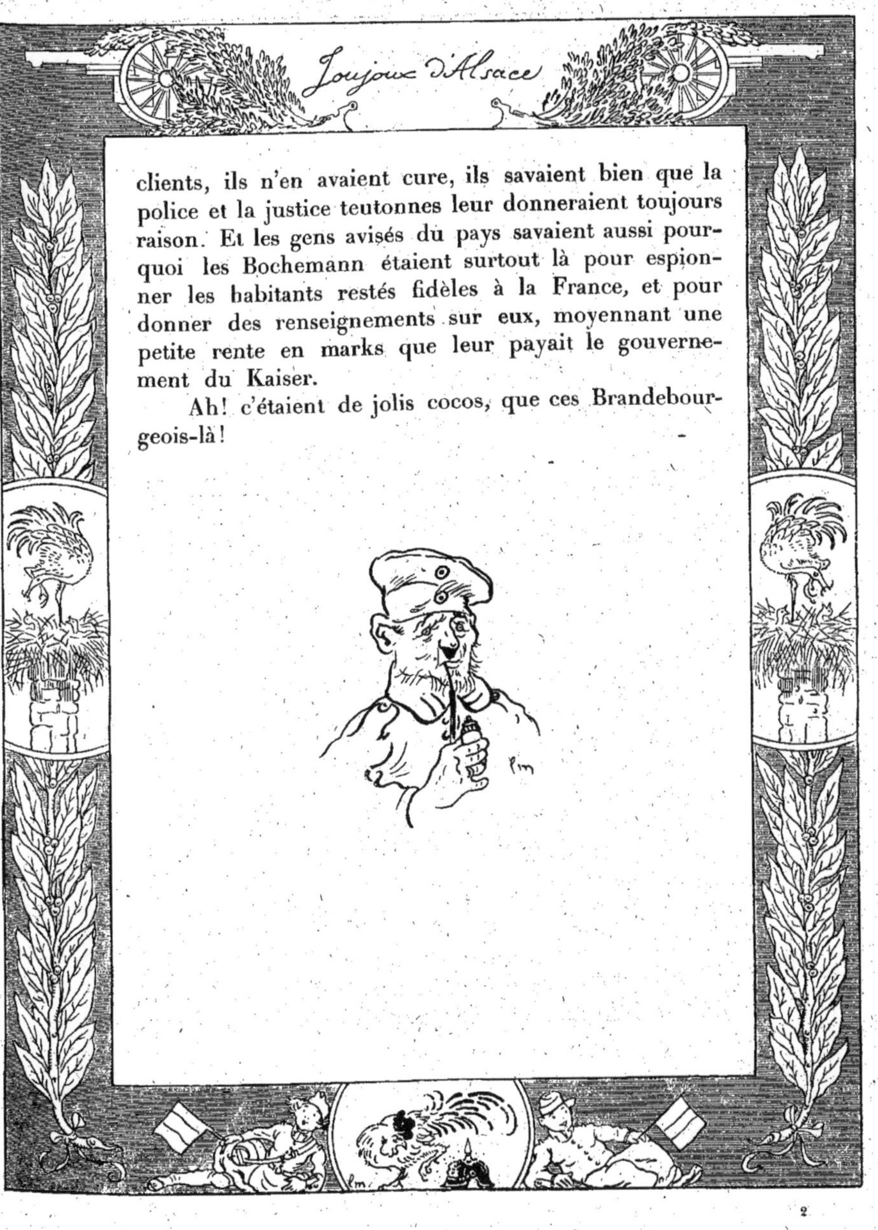

11. Alors pourquoi les parents adoptifs de Catherine et d'Aloÿs permettaient-ils à la petite Boche de jouer avec leurs enfants?

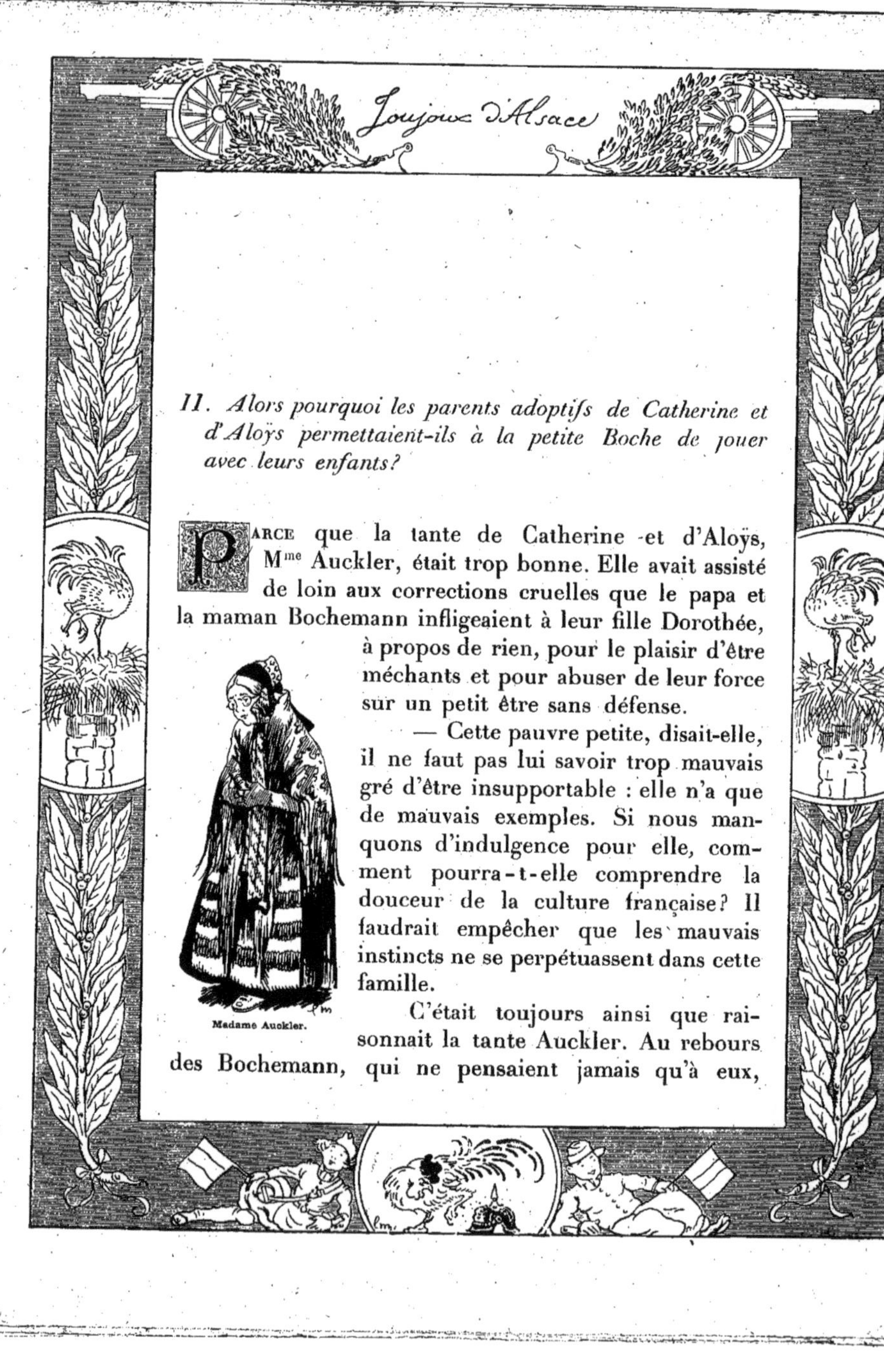

Parce que la tante de Catherine et d'Aloÿs, Mme Auckler, était trop bonne. Elle avait assisté de loin aux corrections cruelles que le papa et la maman Bochemann infligeaient à leur fille Dorothée, à propos de rien, pour le plaisir d'être méchants et pour abuser de leur force sur un petit être sans défense.

— Cette pauvre petite, disait-elle, il ne faut pas lui savoir trop mauvais gré d'être insupportable : elle n'a que de mauvais exemples. Si nous manquons d'indulgence pour elle, comment pourra-t-elle comprendre la douceur de la culture française? Il faudrait empêcher que les mauvais instincts ne se perpétuassent dans cette famille.

C'était toujours ainsi que raisonnait la tante Auckler. Au rebours des Bochemann, qui ne pensaient jamais qu'à eux,

Madame Auckler.

La correction.

Mme Auckler ne pensait jamais qu'aux autres. La preuve en était dans la manière dont elle avait ouvert sa porte, sa bourse et son cœur aux enfants que sa sœur et son beau-frère, morts depuis quelques années, lui avaient légués, avec la confiance que l'on a dans les âmes tendres et bonnes.

Elle en était du reste bien récompensée par la

Catherine et Aloÿs.

tendresse de ces neveux et par leur gentillesse. Quel plaisir pour elle, qui n'avait point eu d'enfants, d'habiller les petits pour les jours de fête, de nouer la cravate d'Aloÿs et d'orner la jolie tête de Catherine du grand nœud rouge écarlate auquel elle avait droit, puisqu'elle était née dans ce canton d'Erstein, près Strasbourg, où les filles que l'on voit passer le long des champs de blé ont l'air de coquelicots vivants qui se promènent !

Mais sa tendresse n'était pas exclusive, elle s'é-

tendait aux autres enfants, et même à cette vilaine
petite Boche qu'elle trouvait le moyen d'innocenter,
bien qu'elle ne lui fût guère sympathique.

— Il faudrait empêcher que les mauvais instincts
ne se perpétuassent?... répétait après sa femme, en bou-
gonnant, le père Auckler... Tu n'empêcheras rien du
tout!... C'est toujours un tort de fréquenter les canailles — et la graine de canailles: un jour ou l'autre
cela amène du vilain... Tu verras, tu verras!... C'est
une faiblesse dont tu te repentiras.

L'oncle Auckler bougonnait.

La police boche.

III. Pourquoi l'oncle Auckler montrait une telle intransigeance.

LE bonhomme n'était pour les faiblesses d'aucune sorte. C'était un homme simple et droit, très attaché au souvenir de l'Alsace ancienne. Parmi les vieux meubles que lui faisait réunir son métier de menuisier-ébéniste, il semblait, avec son habit à larges basques et son gilet rouge, au milieu des armoires et des bahuts que décoraient de jolis bouquets de fleurs

Les junkers.

peintes, une évocation de l'Alsace d'Erkmann-Chatrian,
— l'un de cés vieux d'avant 70 dont le cœur devait
rester français, avec une inlassable fidélité, sous la pire
des dominations, celle du militarisme prussien des *junkers*.

Cet ancien cuirassier, qui avait chargé à Reischof-
fen, était peu à peu devenu l'âme de la sourde résistance à la volonté du Kaiser. Pour lui, le Boche était
la bête noire qu'il faudrait bien, un jour ou l'autre,
saisir à la gorge. Sa menuiserie était le rendez-vous
secret des mécontents. Auckler conspirait avec délices,
sous l'œil des Bochemann, mais sans jamais compro-
mettre ni lui, ni personne, et parfois l'étranger qui en-
trait dans son magasin, sous couleur de marchander
des meubles, causait avec lui de tout autre chose que
d'armoires et de vaisseliers. En petit comité, le soir,
dans la pièce bien close, tous volets fermés, on parlait
librement de politique, à demi-voix, pendant que le
bruit des bottes sonnait sur le pavé, et l'on souhaitait
ardemment l'heure de *la Revanche*.

La revanche.

IV. Le prélude d'un drame.

Or, voici qu'un jour de juillet 1914, un grand monsieur, un peu voûté, comme s'il portait sur ses épaules le poids d'un terrible fardeau, le chef coiffé d'un feutre noir à grandes ailes, entra vers le soir chez les Auckler. Après de chaleureux serrements de mains, le grand monsieur tira de sa poche deux poupées qu'il offrit à Catherine et à son frère;

Les Poupées.

un petit soldat français culotté de rouge et une gentille cantinière de ligne.

— Seigneur Dieu! s'écria Madame Auckler, vous nous ferez arrêter, Monsieur Hansi!...

Les gendarmes boches.

— Madame, répondit en souriant le dessinateur, ceci n'est qu'une avant-garde. Tenez ces joujoux pendant quelque temps dans votre armoire... Vous verrez bientôt arriver le corps d'armée, et il n'y aura plus d'arrestation à craindre... En attendant, je vais brûler la politesse à ces gredins d'Allemands, comme il convient de le faire...

Il partit, quand la nuit fut tombée, sans que la curiosité des Bochemann eût été éveillée. Il emportait le titre d'oncle, que la reconnaissance de Catherine et d'Aloÿs lui avait décerné.

La lune éclairait magnifiquement la petite cité :

L'armoire.

deux par deux les gendarmes allemands battaient la semelle; le peintre alsacien, qu'une récente condamnation pour crime de lèse-Kaiserisme venait de frapper — on sait avec quelle injustice! — et dont toutes les gendarmeries possédaient le signalement, fonçait délibérément sur les couples policiers et passait au milieu d'eux, avec une telle crânerie que tout leur flair était mis en défaut.

Il est vrai de dire que ce signalement, ainsi qu'on l'a vu plus haut, ne correspondait pas très exactement avec la personne qu'il avait la prétention de dépeindre.

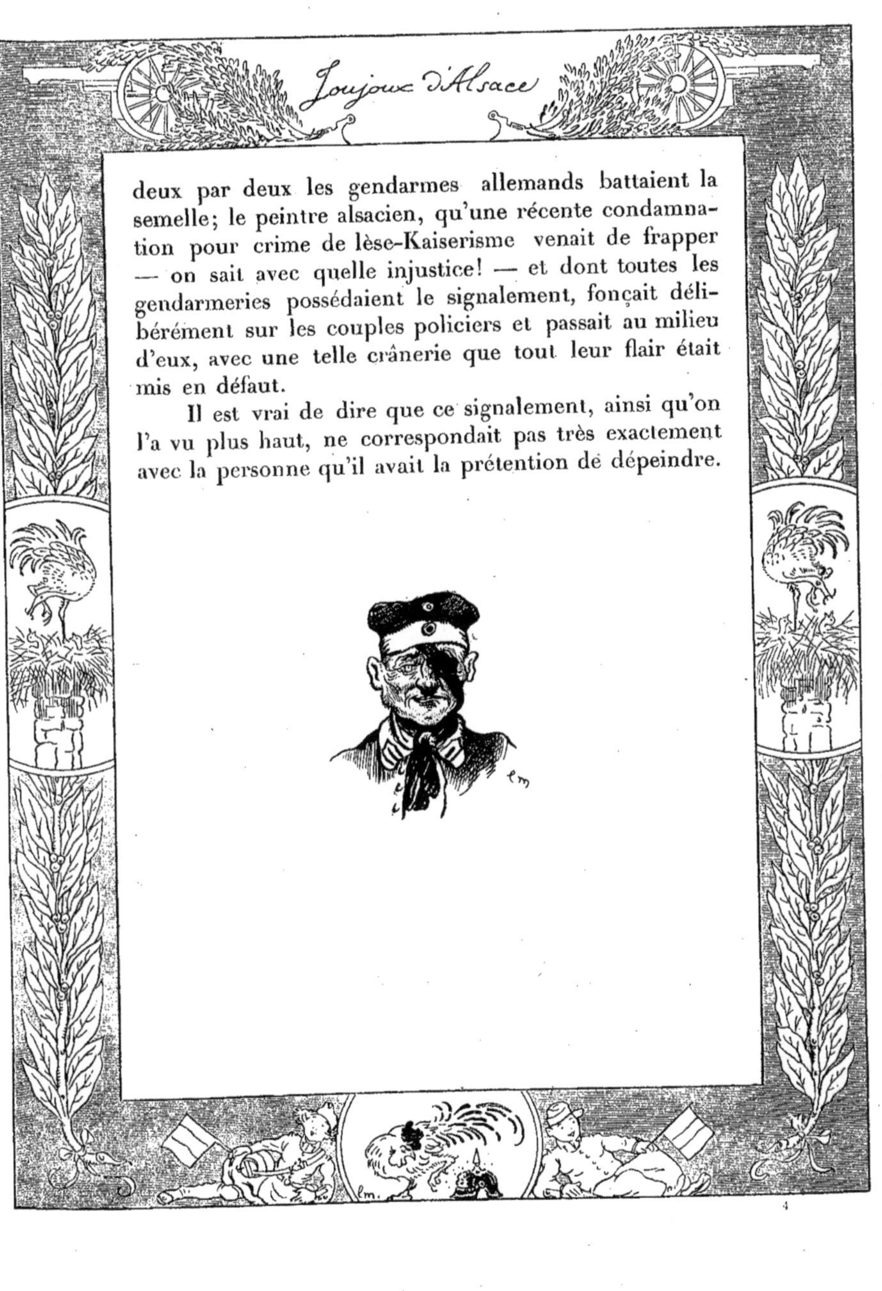

V. Imprudence.

MADAME Auckler avait bien recommandé aux enfants de ne montrer à personne les poupées subversives. Mais la petite Catherine, malgré toutes les vertus dont la sage et douce éducation de Madame Auckler l'avait dotée, était affligée d'un petit défaut, la taquinerie, qui devait la conduire à un bien plus gros péché : la désobéissance. Un jour — jour de malheur! — Catherine ne put se tenir de montrer à Dorothée les joujoux de l'oncle Hansi qu'elle avait tirés de l'armoire au linge et cachés dans son tablier.

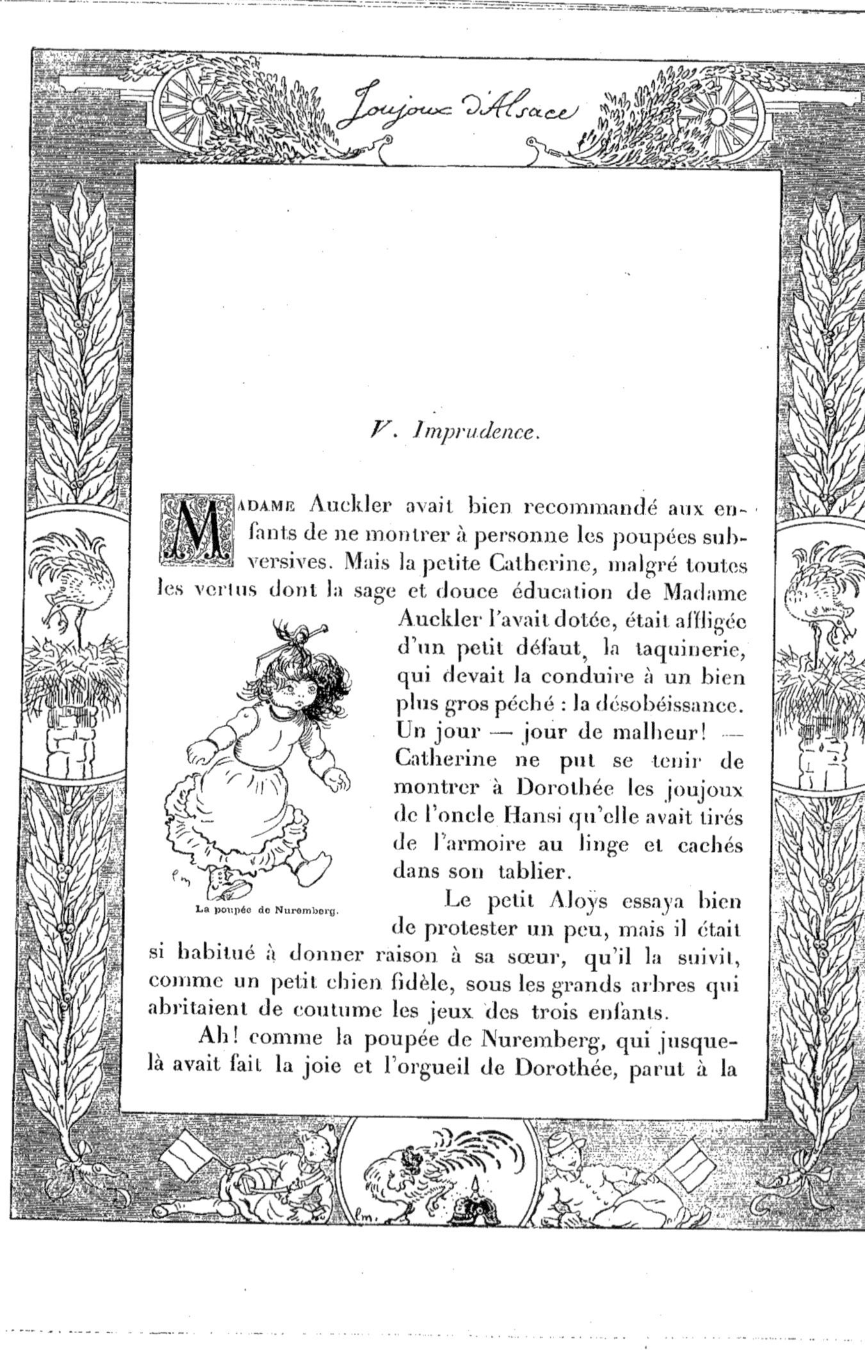

La poupée de Nuremberg.

Le petit Aloys essaya bien de protester un peu, mais il était si habitué à donner raison à sa sœur, qu'il la suivit, comme un petit chien fidèle, sous les grands arbres qui abritaient de coutume les jeux des trois enfants.

Ah! comme la poupée de Nuremberg, qui jusque-là avait fait la joie et l'orgueil de Dorothée, parut à la

Les joujoux.

petite Boche, à côté des jolis joujoux français, grossière et mal fagotée !

Devant son dépit et ses larmes la bonne Catherine regretta amèrement de l'avoir si cruellement peinée. Ce fut en pleurant elle-même, et bien fort, qu'elle courut porter à nouveau les joujoux dans leur cachette, et, ce jour-là du moins, la désobéissance de ses enfants, que ne connut point Madame Auckler, n'eut pas de suites plus fâcheuses.

. . . .

Mais on était au *deux août* 1914 : le lendemain le monde allait, par la déclaration de guerre de l'Allemagne, faire un saut dans l'inconnu, et toutes les conditions de la vie, même les plus minimes, allaient se trouver bouleversées.

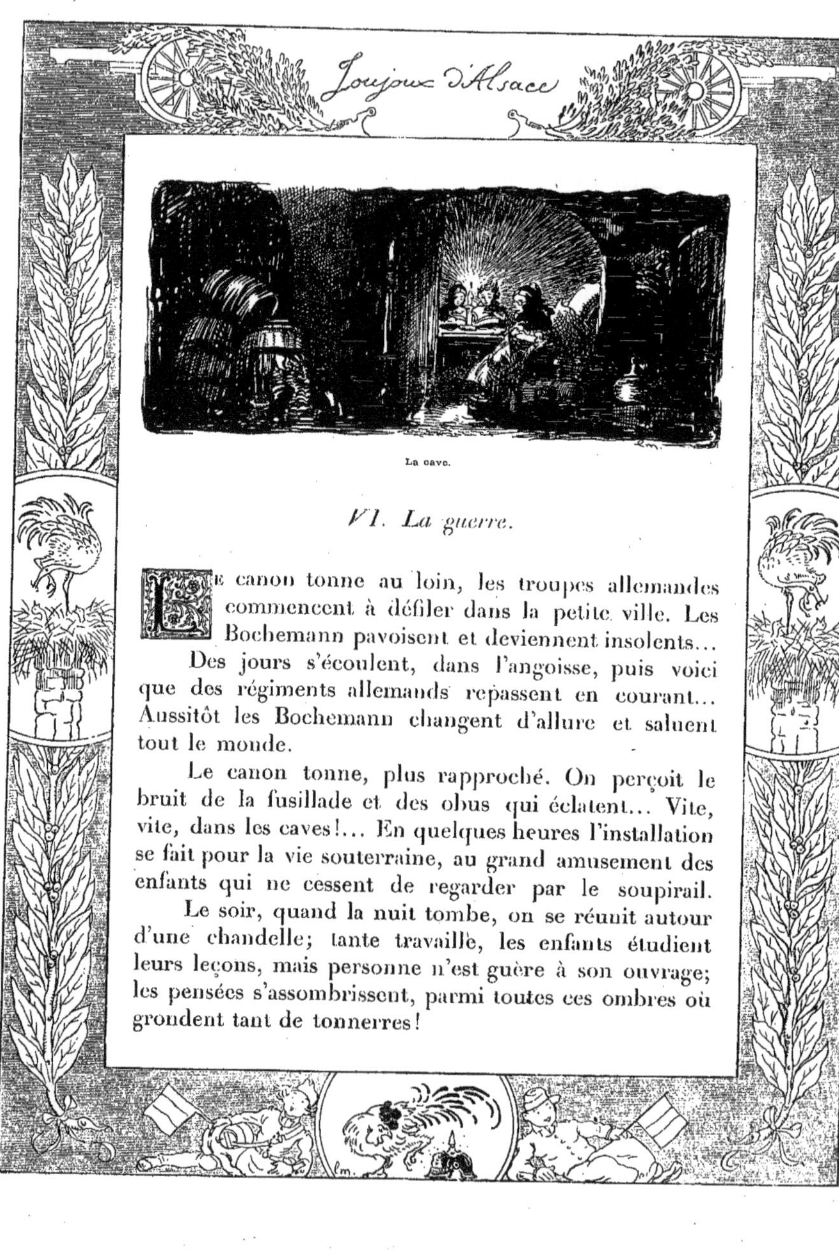

La cave.

VI. La guerre.

L canon tonne au loin, les troupes allemandes commencent à défiler dans la petite ville. Les Bochemann pavoisent et deviennent insolents...

Des jours s'écoulent, dans l'angoisse, puis voici que des régiments allemands repassent en courant... Aussitôt les Bochemann changent d'allure et saluent tout le monde.

Le canon tonne, plus rapproché. On perçoit le bruit de la fusillade et des obus qui éclatent... Vite, vite, dans les caves!... En quelques heures l'installation se fait pour la vie souterraine, au grand amusement des enfants qui ne cessent de regarder par le soupirail.

Le soir, quand la nuit tombe, on se réunit autour d'une chandelle; tante travaille, les enfants étudient leurs leçons, mais personne n'est guère à son ouvrage; les pensées s'assombrissent, parmi toutes ces ombres où grondent tant de tonnerres!

L'attaque.

*VII. Où l'on voit qu'il suffit d'une petite fenêtre
pour savoir ce qui se passe sur une grande place.*

Au premier plan passaient des bottes, des bottes,
des bottes..., au second s'organisaient des bar-
ricades pourvues de canons et de mitrailleuses...,
au fond s'élevait la mairie, avec son grand drapeau allemand et l'animation d'un état-major qui craint la dé-
route de ses troupes.

Les Boohemann saluent.

Mais voici que les obus éclatent dans le village
même, la fusillade crépite... A peine les dernières bottes

ont-elles fini de passer, de plus en plus rapides, que

Les Bochemann saluent.

voici paraître un pantalon rouge, suivi de cent autres...
la ville est occupée par les Français.

Que voit-on encore par le petit trou ?... L'état-
major français qui arrive... et la famille Bochemann,
devançant le père Auckler, qui se précipite, avec force
courbettes, pour faire fête aux vainqueurs.

Dans la cave.

Bochemann.

Oncle Auckler.

VIII. *Contre-attaque.*

LA guerre est faite de hasards : il y a des villages qui ont été pris et perdus cinq fois de suite, pour le plus grand embarras des politiciens de la localité. Des groupes d'ennemis civils se forment, ici, là, s'observent et se fusillent des yeux, en attendant que les mitrailleuses s'en mêlent. La petite cité de Catherine et d'Aloys fut envahie à nouveau le lendemain par les Allemands, après un arrosage au canon de quatre cents qui fit se terrer à nouveau tous les habitants dans leurs caves et démolit de nombreuses maisons sur la place. On entendait partout des cris d'effroi, de douleur et les lamentations des pauvres gens dont la maison venait de s'écrouler dans les cendres et dans la poussière. Cette fois-ci, l'oncle Auckler s'abstint d'aller voir défiler les nouveaux occupants : de loin la vue des effusions de la famille Bochemann lui suffit.

Il n'y a rien de tel que de rester chez soi, disait-il en soupirant.., au moins on est sûr d'être tranquille.

Tranquille!... Le pauvre homme vit bien que c'était désormais impossible. Cette fois, les vainqueurs étaient tout à fait différents. Ils criaient bien fort que c'était à cause de la déloyauté des habitants qu'ils avaient dû quitter la place. Une armée d'espions et de gendarmes

Les effets d'une bonne kultur.

s'abattit sur la ville : les perquisitions commencèrent : les Allemands favorisaient les dénonciations, offraient des primes à la trahison. Les Bochemann exultaient, donnaient des indications, révélaient de noirs complots, montraient de loin les fenêtres d'où l'on avait tiré sur les soldats du Kaiser (vous pensez comme cela était vrai !).

Ainsi tous les malheurs tombaient à la fois, comme la grêle, sur les Alsaciens : ils commençaient à goûter des fruits amers de la Kultur teutonne.

Les perquisitions.

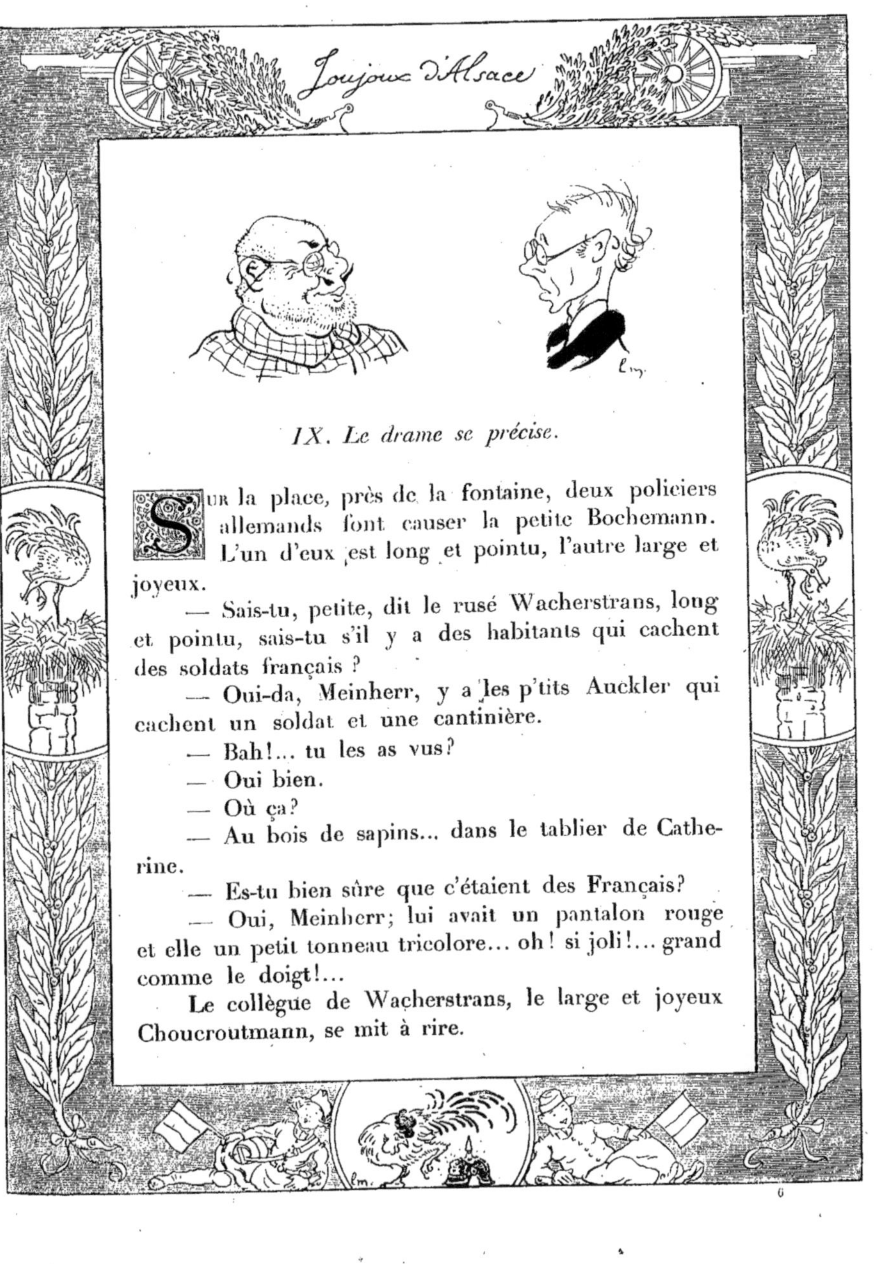

IX. *Le drame se précise.*

Sur la place, près de la fontaine, deux policiers allemands font causer la petite Bochemann. L'un d'eux est long et pointu, l'autre large et joyeux.

— Sais-tu, petite, dit le rusé Wacherstrans, long et pointu, sais-tu s'il y a des habitants qui cachent des soldats français ?

— Oui-da, Meinherr, y a les p'tits Auckler qui cachent un soldat et une cantinière.

— Bah!... tu les as vus?

— Oui bien.

— Où ça?

— Au bois de sapins... dans le tablier de Catherine.

— Es-tu bien sûre que c'étaient des Français?

— Oui, Meinherr; lui avait un pantalon rouge et elle un petit tonneau tricolore... oh! si joli!... grand comme le doigt!...

Le collègue de Wacherstrans, le large et joyeux Choucroutmann, se mit à rire.

— Voyons, camarade, c'est des histoires de poupées, tu ne vois pas?...

— Poupées ou non, dit Wacherstrans en levant les épaules, qu'est-ce que ça peut bien faire, gros naïf?... Ce sont des perquisitions qu'il faut faire... C'est l'ordre! Il sera toujours temps, si l'on est blâmé,

Marche de surhommes.

de dire que le renseignement d'une enfant nous a induits en erreur... Sans cela comment veux-tu détruire les ferments de résistance à la volonté du Kaiser?

— Sans compter, dit Choucroutmann convaincu, que c'est un crime suffisant de laisser les enfants jouer avec des poupées françaises... Tu as raison, cela justifie pleinement notre action.

Les espions.

X. L'arrestation.

ONCLE Auckler vient d'être arrêté. Deux soldats l'emmènent. Tante Auckler pleure dans la cave, les enfants effarés regardent par le soupirail.

— Tante, deux hommes viennent vers la maison. ... Tante, ils sont entrés... Tante, ils montent l'es-

L'Arrestation.

calier du premier étage, les entends-tu?... Tante, quel bruit ils font là-haut!..

— Qu'ils fassent tout ce qu'ils voudront, mes enfants, pourvu qu'ils nous rendent votre oncle.

— Tante, les voilà qui redescendent... ils sortent de la maison... ils ont sous les bras tes cassettes à bijoux et la petite caisse où tu mets l'argent, et que l'oncle avait sculptée si joliment... Oh! tante... ils ont volé nos poupées!!!

L'un des voleurs.

Tante se lève tout d'un bond :

— Les poupées de M. Hansi. Ah! mon Dieu, moi qui n'y pensais plus!... Sauraient-ils que c'est lui qui vous les a données?... Mais ils ne peuvent pas savoir!... je suis folle, je perds la tête... C'est impossible!... Tu ne les as montrées à personne, n'est-ce pas, Catherine?

Catherine s'effondra aux pieds de la pauvre vieille en sanglotant. — Si, si, tante, nous les avons montrées à Dorothée..., pour la faire enrager; c'est moi qui ai voulu, Aloÿs ne voulait pas... Mon Dieu, mon Dieu, je ne savais pas que c'était si mal!...

Le bal des Boches.

— C'est ma faute aussi, 'gémit Aloÿs, si tu as montré ta cantinière, moi j'ai montré mon soldat : un soldat, c'était bien plus dangereux pour les Boches qu'une cantinière... Ah! que nous soyons punis, mais pas notre bon oncle!...

— Ah! ciel!... quel malheur, soupira la pauvre tante... Que Dieu nous protège, à présent; priez-le, mes enfants, pour qu'il n'arrive rien à votre oncle.

Le soir tomba sur ces trois cœurs angoissés... mais la chance n'allait-elle pas tourner encore, ne verraient-ils pas reparaître à nouveau, sur le petit morceau de ciel que découpait le soupirail, le soulier français à la poursuite de la botte allemande?

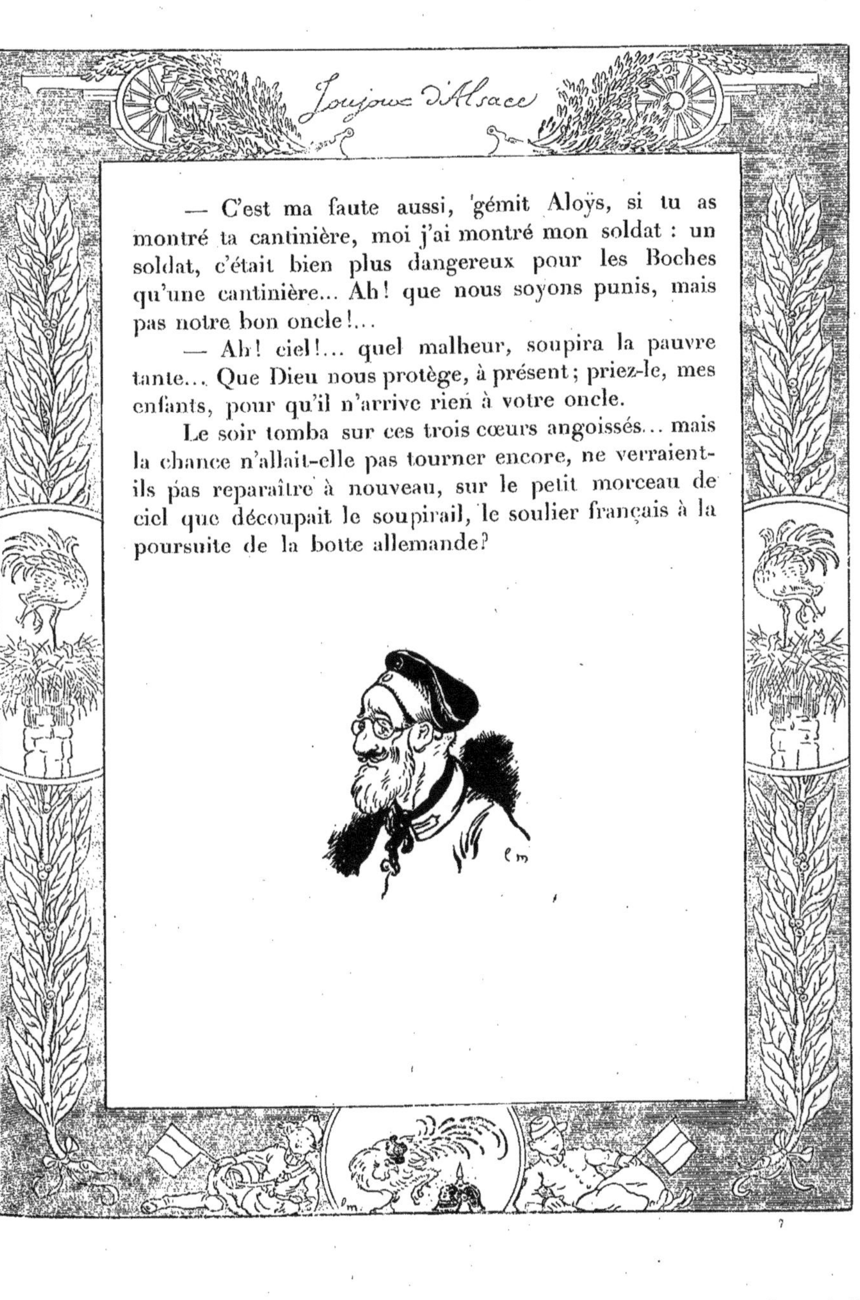

Le champ de bataille des ivrognes.

XI. Les angoisses. Le désespoir.

Il fait nuit. Sur la place, les Allemands chantent et boivent. Ils ont pillé les caves des fugitifs et des partisans de la France; des chœurs s'élèvent à la gloire du Kaiser, des *surhommes* de l'Allemagne pangermaniste, et du *peuple de maîtres,* — de toutes les sottises qui ont crû lentement depuis quarante-cinq ans dans l'épaisse cervelle des guerriers d'outre-Rhin.

Ils organisent ensuite un bal, à la lumière de gigantesques projecteurs d'artillerie. Deux canons de 400 décorent militairement la scène. Mais c'est à peine si quelques Allemandes importées et quelques mauvaises Alsaciennes acceptent les invitations des soldats. Ils sont obligés de danser entre eux, ce qui ne les réjouit que médiocrement. Même pour un Boche, ce n'est pas drôle de valser avec un autre Boche.

Peu à peu le bal finit, les projecteurs s'éteignent et les Allemands, terrassés par la fatigue et par la boisson, tombent sur place et s'endorment lourdement.

Les condamnés.

Quelle imprudence! A quels ennemis croient-ils
donc avoir affaire? N'ont-ils pas compris que jamais les
Français ne leur laisseront un moment de répit, dans
cette guerre sans merci qui ne peut se terminer que par
l'écrasement de l'un des deux adversaires? Pendant que
ces Boches s'oublient dans une basse orgie, les Français se
glissent peut-être dans les prés, prêts à l'attaque, souples

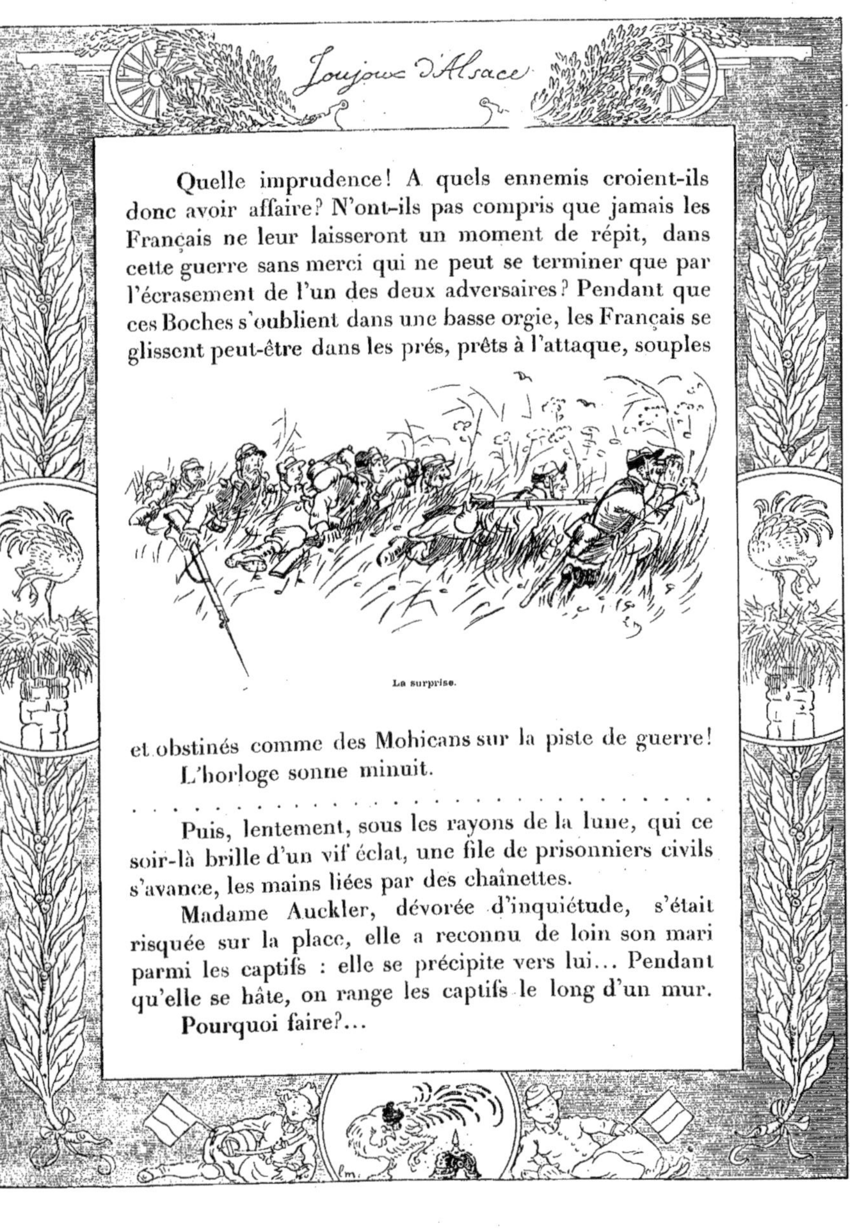

La surprise.

et obstinés comme des Mohicans sur la piste de guerre!
L'horloge sonne minuit.

. . . .

Puis, lentement, sous les rayons de la lune, qui ce
soir-là brille d'un vif éclat, une file de prisonniers civils
s'avance, les mains liées par des chaînettes.

Madame Auckler, dévorée d'inquiétude, s'était
risquée sur la place, elle a reconnu de loin son mari
parmi les captifs : elle se précipite vers lui... Pendant
qu'elle se hâte, on range les captifs le long d'un mur.

Pourquoi faire?...

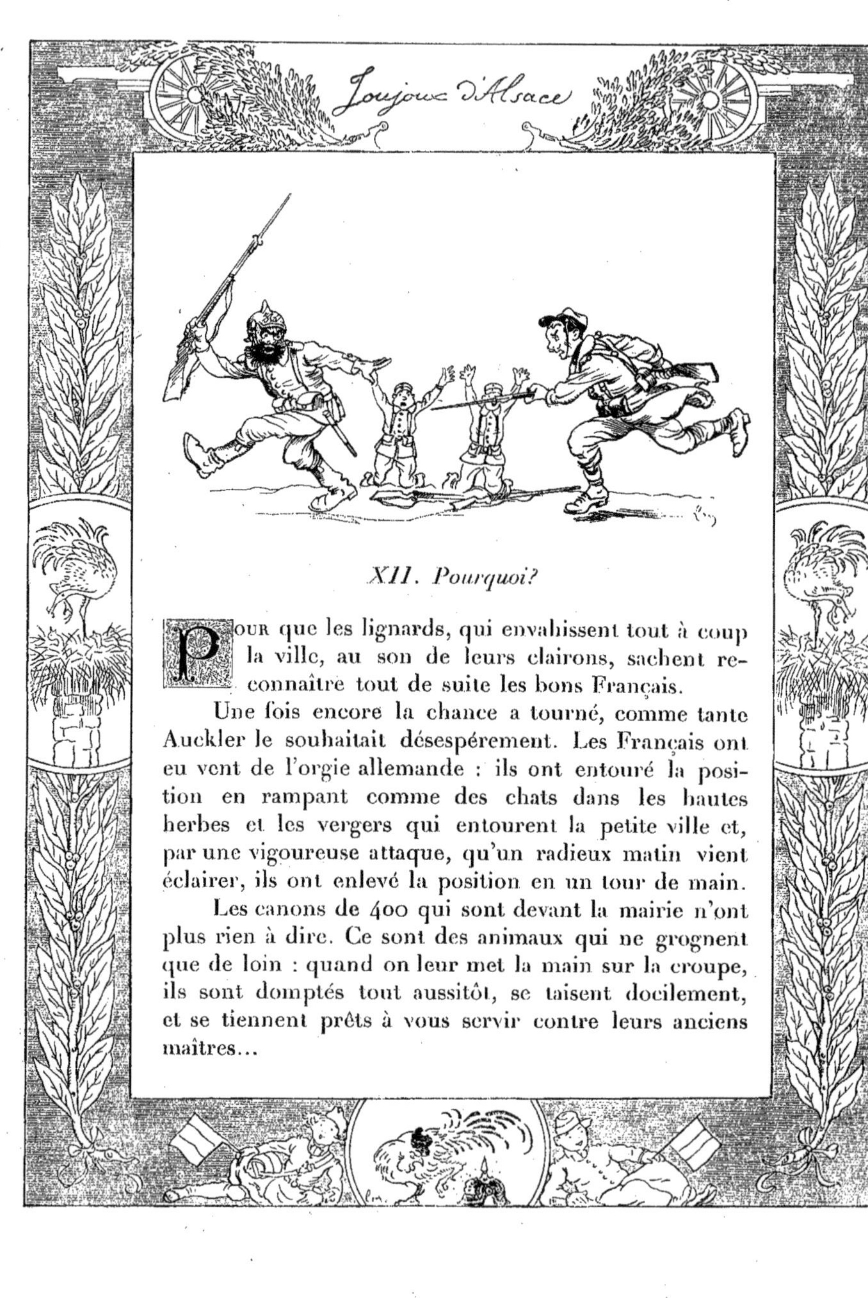

XII. Pourquoi?

Pour que les lignards, qui envahissent tout à coup la ville, au son de leurs clairons, sachent reconnaître tout de suite les bons Français.

Une fois encore la chance a tourné, comme tante Auckler le souhaitait désespérement. Les Français ont eu vent de l'orgie allemande : ils ont entouré la position en rampant comme des chats dans les hautes herbes et les vergers qui entourent la petite ville et, par une vigoureuse attaque, qu'un radieux matin vient éclairer, ils ont enlevé la position en un tour de main.

Les canons de 400 qui sont devant la mairie n'ont plus rien à dire. Ce sont des animaux qui ne grognent que de loin : quand on leur met la main sur la croupe, ils sont domptés tout aussitôt, se taisent docilement, et se tiennent prêts à vous servir contre leurs anciens maîtres...

Retour à la maison.

Les braves petits soldats se répandent sur la place et poursuivent, la baïonnette dans les reins, les Allemands qui se sont trouvés assez dégrisés pour ne pas faire *Kamerad*. Les rues sont pleines des cris et du fracas des batailles. Les officiers français entourent les captifs que l'on allait fusiller, les félicitent et leur demandent des renseignements. C'est une héroïque et joyeuse agitation. Tante Auckler est bousculée, ahurie, mais si heureuse de l'être!... Rassurée, elle rejoint les enfants dans la cave, et les trois têtes se pressent au soupirail pour voir l'oncle, délivré, se hâter vers sa maison.

La délivrance.

Quand il serra Catherine sur sa poitrine, dans la chambre dévastée du premier étage, la pauvre enfant s'évanouit, et, comme Madame Auckler racontait à son mari l'histoire des poupées:

— C'est pour cela, dit-il, que je n'y comprenais rien du tout. J'avais été condamné à mort pour avoir caché des soldats français dans une armoire. L'accusation était tellement folle que j'en étais resté muet de surprise, sans rien trouver pour ma défense... Console-toi, ma petite Catherine chérie, console-toi, bon petit Aloÿs, tout est bien qui finit bien... et vous y gagnerez d'être à tout jamais guéris de la désobéissance.

Épilogue.

Cest le 14 juillet 1915. Des drapeaux français claquent joyeusement au vent sur la place. Les Alsaciens français sont réunis, ils attendent la visite annoncée du généralissime. On se presse autour du hacheur de choucroute Hans Grébel, fils du hacheur de choucroute Joseph Grébel qui, en 1870, engagé dans les francs-tireurs, prit un drapeau allemand. Hans Grébel a juré que la race des Grébel ajouterait à sa profession de hacheur de choucroute celle de preneur de drapeaux boches. C'est pourquoi, vêtu seulement de sa chemise, de sa culotte et de ses bas à grosses côtes, il grimpe au clocher de l'église, comme un singe. Il va remplacer par un drapeau français le drapeau allemand qui y est resté et que personne n'avait pu décrocher, les ficelles qui le retenaient s'étant recroquevillées sous l'action de la pluie et du vent.

Le hacheur de choucroute père.

Le hacheur de choucroute fils.

Vive le hacheur de choucroute fils !... Avec une hardiesse extraordinaire il accomplit le changement des drapeaux, et au moment précis où le généralissime arrive sur la place, l'étendard abhorré du Kaiser tourbillonne au-dessus de la foule et tombe dans la boue. Mais ce n'est que le début de l'apothéose : on appelle

La raison du plus fort.

les enfants, auxquels un soldat maître d'école a fait répéter *la Marseillaise*. La petite voix de Catherine, dans un solennel silence, chante les strophes héroïques, qui alternent avec le refrain repris en chœur par toute l'assemblée.

Aloÿs est derrière sa sœur, il tient dans ses bras son petit soldat, retrouvé, par un hasard heureux, et le généralissime, que ses officiers ont mis au courant de l'histoire de l'oncle Auckler, prend un instant, en souriant, le petit troupier des mains de l'enfant.

— Il faudra, mon garçon, lui dit-il, faire une petite croix d'honneur pour ce soldat-là, il l'a bien méritée. Je la lui confère au nom du gouvernement de la République. C'est lui qui, par son courage et ses souffrances, mettra la raison du plus fort du côté de la Justice et de la Liberté! Ce jour-là, ce sera l'agneau d'Alsace qui dévorera le loup prussien.

Typographie Firmin-Didot et Cie. — Paris.

L'Apothéose.

9 782019 919016